KB249820

속눈썹이 지르는 비명

속눈썹이 지르는 비명

박 연 준 시 집

창비

차 례

제3부

제4부

제1부

나의 탄생

여자가 알을 낳는다
당집 마당으로 알이 떨어지며 쨍그랑, 소리가 난다
여자의 쩍 벌어진 가랑이 사이로 핏방울이 맺힌다
거품을 만들며 수군대는 핏방울들로 빨간 길이 난다

빨간 지붕, 빨간 양수, 빨간 흔들림 —
엄마, 더러운 엄마, 나를 낳지 마
여긴 나의 알이 아니야
알을 깨고 발 없는 내가 도망치듯 태어난다

꿈처럼 흐느끼던 여자의 가랑이는 어디로 갔을까?
(엄마?)
발 없는 내가 손가락 끝으로 걷는다
비가 내리고
내 이마 위로 술 취한 물고기가 뛰어든다, 영영 박힌다
주황색 화석이 되어버린 물고기는
내 이마 위에 살면서 날마다 죄를 짓는다

엄마는 한번도, 나를, 낳지 않았고
내가 버린 텅 빈 알 속에서는
밤마다 아홉 마리 뱀들이 써커스를 벌인다

속눈썹이 지르는 비명

내 나쁜 몸이 당신을 기억해
온몸이 그릇이 되어 찰랑대는 시간을 담고
껍데기로 앉아서 당신을 그리다가
조그만 부리로 껍데기를 깨다가
나는 정오가 되면 노랗게 부화하지
나는 라벤더를 입에 물고 눈을 감아
감은 눈 속으로 현란하게 흘러가는 당신을
낚아! 채서!
내 기다란 속눈썹 위에 당신을 올려놓고 싶어
내가 깜박이면, 깜박이는 순간 당신은
나락으로 떨어지겠지?
내 이름을 길게 부르며 작아지겠지?
티끌만큼 당신이 작게 보이는 순간에도
내 이름은 긴 여운을 남기며
싱싱하게 파닥일 거야

나는 라벤더를 입에 물고

내 눈은 깜빡깜빡 당신을 부르고
내 기다란 속눈썹 위에는
당신의 발자국이 찍히고

봄의 장송곡

방 안 가득 꽃이 피었다
무덤가에서나 필 꽃들이 뭔가 착각을 일으켰다
방 안 구석에 아버지 곰팡이로 피어나고
나는 밥을 먹는다
나 말고 나 비슷한 것이 밥을 먹는다

아버지, 옆구리에 박힌
곰팡이꽃 그 흉흉하게 아름다운 빛깔을
반찬으로 삼아도 될까요?
잘려나간 발가락 한입 베어먹어도
당신 무성한 백발 한줌 쥐어 이 빈 그릇들
북북 문질러 닦아도 될까요?

내 어린 손으로 활짝 핀 아버지를
꺾는다, 자귀나무 꽃이 붉으니
아버지 깊은 잠에도 꽃물 들겠지
나 죽으면 꽃잎처럼 하르르 떨어져내릴

아버지, 운 나쁜 나의 애인
나는 당신의 운명을 점지하는 무당이니
아버지 용서하세요, 나는 귀신을 알아봐요

눈감고 토닥토닥 병을 기르는
아버지 돌아가신다, 환하게

얼음을 주세요

이제 나는 남자와 자고 나서 홀로 걷는 새벽길
여린 풀잎들, 기울어지는 고개를 마주하고도 울지 않
아요
공원 바닥에 커피우유, 그 모래빛 눈물을 흩뿌리며
이게 나였으면, 이게 나였으면!
하고 장난질도 안 쳐요
더이상 날아가는 초승달 잡으려고 손을 내뻗지도
걸어가는 꿈을 쫓아 신발끈을 묶지도
오렌지주스가 시큼하다고 비명을 지르지도
않아요, 나는 무럭무럭 늙느라

케이크 위에 내 건조한 몸을 찔러넣고 싶어요
조명을 끄고
누군가 내 머리칼에 불을 붙이면 경건하게 타들어갈
지도
늙은 봄을 위해 박수를 치는 관객들이 보일지도
몰라요, 모르겠어요

추억은 칼과 같아 반짝,하며 나를 찌르겠죠
그러면 나는 흐르는 내 생리혈을 손에 묻혀
속살 구석구석에 붉은 도장을 찍으며 혼자 놀래요

앞으로 얼마나 많은 새벽길들이 내 몸에 흘러와 머물지
모르죠, 해바라기들이 모가지를 꺾는 가을도
궁금해하며 몇번은 내 안부를 묻겠죠
그러나 이제 나는 멍든 새벽길, 휘어진 계단에서
늙은 신문배달원과 마주쳐도
울지 않아요

껍질이 있는 생에게

어느날 갑자기 목소리가 낮아진 어린 남동생은
흐르는 시간에 침을 뱉으며 놀았다
나는 이따금씩 벌에 쏘였지만, 개의치 않았고
빨래를 개다, 엄마의 양말이 너무 작은 것이
다만 마음에 걸렸다

내 주머니 속에는 아침이 되어도 잠들지 못한
고된 별들이 뿌리를 내렸고
분홍빛 알약이 병약한 그들을 돌봤다

나는 걸어다니는 비명,
고여 있는 작은 웅덩이에 들어가 몰래 웅크리고 있다가
사슴이나 먼지, 혹은 껍질이 있는 생에게
시집가고 싶다

동트기 전 길디긴 진통을 겪고
등에 혹 달린 낙타 한 마리 낳고 싶다

가엾은 당신, 내 멍으로, 푸른 멍으로
기르고 싶다

나비 ─ 마이크에 매달려 독백으로

달리는 새벽을 끊고, 멈춰서서, 당신을 떠올리면
내 빈 자궁으로 당신이 걸어들어와
당신은 열 달이 지나도 태어나지 않아
자궁이 주저앉고 나는 앉은뱅이가 되어 꿈을 꿔
다리가 사라지고 손가락이 비극적으로 길어져
길어진 손가락으로 땅을 파고, 흙을 만지면
나를, 왜, 깨우셨나요?
나를, 왜, 깨우셨나요?
몸부림을 치며 흐느끼는 붉은 흙의 외침
당신이 슬어 있는 자궁에는 이끼가 끼고
나는 하늘까지 길어진 손가락으로 달의 뼈를 더듬지

밖엔 비가 내리고, 당신 창문은 죽어 있어
기억하지 마
지루한 입덧을 하던 나를,
나비의 허리를, 기억하지 마
이미 저 나비는 두 시간 전부터 허리가 꺾여 있었어

공중에서 펄럭이다 찢긴 나비의 날개를 봐
우리가 빚은 시간들이야
나는 달리면서 죽고, 죽으면서 달릴 거야

숨이 차, 나비의 허리는 기어이 끊어질까?
우산을 써 내 눈물에 젖지 않도록,
내 파란 눈물이 바람에 부딪혀 잘게 부서지고 있어

엎질러진 밤의 향기는 너무 진하고
하늘은 점점 얇아지고 있지만
나는 죽어도,
당신을 낳지 않을래

겨울, 점점 여리게

창문 밑에 매달린 고드름 사이로,
흐린 하늘에 목매달아 죽은 가오리연을 본다
하늘을 휘젓는 연의 시체는 부드럽다
까만 바람, 겨울은 낙타를 타고 걷는다

이따금, 땅바닥에 흩어진
겨울의 부러진 발톱을 몰래 줍는다
주워들고는 죽은 구상나무 뿌리에 기우뚱 심어놓는다
구상나무는 아무것도 모르고 순하게 죽어 있다
뿌리에서 또다른 슬픔이 자라는 줄도 모르고
죽은 몸과 자라나는 슬픔 사이의 여백이 차갑다

애인은 겨울을 건너, 봄으로 갔다

내 발가락 사이사이 틈
꼬아진 다리 사이
멀리 돌아온 입술과 입술의 포개짐에도

서글픈 여백이 맺히고,

갈변한 사과를 반으로 쪼개면
속살은 여전히, 잊혀진 듯 희다.

겨울은 활활 나를 태우고

겨울은 별을 쥔 손에 와서 박힌다
사랑을 우기던 가을 풀벌레들 발목 다 꺾이고
빨갛고 파랗고 노랗던
당집 같은,
내 몸의 저속한 빛깔들도 서서히 흐려진다

수두자국처럼 얼굴 곳곳에 박힌 비명들로
거울을 닦고, 거울을 만지고, 거울을 적신다
거울을 향한 채 굳어가는 나, 오늘은 몇살일까
설익어서 금세 흩어지고 마는 이 목 시린 나이는
얼마만큼 지나면 수염이 생길지,
돌에게 묻는다 멍든 돌의 입술을 향해 묻는다
붉은 흙이 꽃을 위해 울어준 적이 있던가?
발가벗고 춤추는 겨울바람도 가끔은, 주저, 앉을까?
차갑게 입 다문 창문들도 무슨 소리가 들리면,
귀 대신 눈을 깜박일까?

멍든 돌의 입술을 사납게 깨무니
웅크린 채 늙어가는 딱딱함도 기어이 부서진다

겨울은 활활 나를 태우고
나는 안개 속 한줄기 비명으로, 나부낀다

꽃을 사육하는 아버지

어둠속에서 꽃들을 사육하는 아버지가
나비의 날개를 묻고 있다
묻을수록 펄럭이는 생
내 발밑에선 자꾸만 잡초가 부풀어오르고
나는 점점 작아진다 이윽고 머리칼이 초록으로 덮인다
바다가 되려나? 흔들리며 기울어지는 초록의 바다?
어디까지, 얼마만큼 물들까, 이 병든 꿈
벼락이라도 나를 정면으로 껴안아줬으면—
죽음을 흉내내며 붉게 익은 종양을 두 쪽으로 동강내
줬으면—
말한다, 이 새빨간 수세미인 내가
당신의 상처를 북북 문지르며 말한다
아빠, 당신 발밑으로 주렁주렁 열린 감 몇개만 따먹어
도 되나요?
다리를 들어보세요 밤이 무너지고 있어요
제발 여린 것들을 밟지 마세요, 아직 시간이 있잖아요!
살려주세요, 루돌프 히틀러, 아빠?

연산군처럼 익살스럽게, 휘몰이 장단에 맞춰
도돌이표, 도돌이표, 빙빙 돌아
나를, 계속, 찌르고, 있는,
아빠?
당신은 어떻게 한 시간마다 커지나요?
나를 손에 쥐고 뜬눈으로 기도하는 아빠,
바람결에 누런 이빨 다 부러지는 아빠,
나를 놓으세요 십자가를 놓으세요
딸이 죽어요, 아빠를 밟은 채 죽어가요

안녕?

안녕?

나는 잘 있어요

잘 웃고, 잘 먹고, 잘 죽어요

어제는 왜 나를 빚었나요? 내가 두 개나 필요했나요?

그러나 안녕? 나는 웃어요

접시가 깨져도, 발톱이 자라나도, 오줌을 싸면서도

아아, 나는 하품을 하면서도 눈을 동그랗게 뜨죠

발에 차이는 많고 많은 나를 하나만 집어

삼켜주세요 그리고 인사해요, 안녕?

내 꼬리를 떼어 목에 걸어주세요

리본으로 묶어주세요 꽁지가 빠진 나 같은 건

쓰레기통 속에 넣어주세요, 그러나 살며시

넣으면서 인사해줘요, 안녕? 웃고 있니, 안녕?

부다페스트에선 내가 한 명이래요

그곳에선 절대로 웃을 수 없다고 해요

밤이 되면 사타구니에서 혹처럼, 버섯처럼
슬픔이 돋아나고, 나는 곧 남자가 될지도 모른대요
부다페스트에선 안녕? 하고 인사하는 건 반칙이래요
무너지는 겨울 숲에서, 머리가 홀랑 벗어진 늙은 나무
들만
안녕? 말하고 죽는대요
바람이 불고, 낡은 아버지 같은 건 흔적도 없이 진대요

아아, 안녕 —

詩

밤마다 내 머리맡을 배회하는 시
그러나 끝내 잡을 수 없다, 손가락들의 마비
눈곱도 떼지 못한 채 사라지는 시
앞바퀴는 한 개, 뒷바퀴는 열 개,
비틀비틀 질주한다, 방향을 잡기가 어려운데
구멍이 뚫린 그물 속에 내가 걸려들어가고 다리가,
다리 한 짝이 구멍 속으로 빠져나간다 죽은 시간과 함께
불구의 몸으로 팔딱대며 한 개의 다리와
열 개의 손, 열세 개의 손가락, 마비!
구토하는 새벽안개, 멀리 방사한다, 나를,
내 다리를, 다리 한 짝을

죽은 나를 향해 종이들이 쏟아진다
한 장, 두 장, 세 장, 쏟아지는 병신들

시가 똥처럼 떨어진다
낳아놓은 똥은 죽은 걸까, 산 걸까?

냄새가 나는 걸 보니 썩어가고 있구나
똥 주위를 휘 돌아본다
이 죽어가는 걸 어떻게 살릴까
다시 내 속에 넣어볼까, 살아나려나 ―

그런데 너, 내가 더럽니?
내 시가 더럽니?

앵두와 아버지

아버지를 따다 책상 화분에 옮겨 심어놓으면
아버지는 아침나절도 못가 금세 죽어버린다
(착하게 죽어가는 아버지는 너무 진부하다)
아버지가 품은 녹이 내 몸에 번지고
나는 그대로 푸른 멍이 된다

시간은 시간이 있을까?
가난은 자꾸 새끼를 치고
벌써 열세번째 예쁜 아버지가 태어났다 죽었다
노란 대문 밖에는 기나긴 뱃고동소리
(나는 개처럼 피를 질질 흘리며 생리를 한다)

이따금씩 누군가 나를 깨물면
시큼한 물을 뚝뚝 흘리며 아무렇게나 터져버리는,
나는 껍질이 얇은 앵두
똬리를 틀고 동면에 든 검은 뱀의 모가지를 손에 쥐고
참하게 ── 죽고 싶었다

달이 지고 열네번째 아버지가 몰래 수태되면
병든 지렁이는 어둠의 발등 위를 힘겹게 넘어간다

아버지의 탯줄이 내 목에 감기고
나는 금이 간 벽에, 손가락을 갖다댄다

스물다섯

약국에서 아버지를 한통 사서 나온다
문을 열자 비명을 지르며 달려드는 안개들
내 눈 속으로, 콧속으로, 입속으로
투신하는 안개들
형체도 없이 만개한 자살
흩어지는 시간, 발 없는 씨앗들, 안녕한 공기 —
누가 멀리서 걸어오고 있다
현기증처럼 피어나는 꽃 아, 아버지
이미 죽은 당신이 자꾸 죽을까봐 겁내는
나는, 이마에 못이 박힌 스물다섯
마치 지겹게 사정 안하고 버티는
대머리 밑에 깔린 갈보처럼
동공 없이 뜬눈으로 박제된,
기울어진 스물다섯

제2부

봄밤

꽃,

네가 죽었으면 좋겠어

밤의 주머니 속에 들어간 캥거루 새끼처럼, 달이 노랗게 떨고 있어

살아 있는 고통으로 밤을 빚었을 때

어둠속에서 발정 난 네 모가지 때문에

아무데서나 불쑥 불쑥 사생아들이 태어났고

낡은 아버지의 병든 아침 속에서도

너는 뻔뻔하게, 가녀린 발목을 대롱대며 사다리를 올랐지

네가 쿨렁일 때마다

광란의 비가 내렸고, 잔치의 끝 무렵처럼

애인들의 구두가 슬며시 떠나갔고

설사처럼, 굉음을 내며, 쏟아지던 그리움

때문에 압사당한 밤하늘, 너의 미친 노래를 온몸에 휘감고 나자빠진 밤하늘!

나는 신호등

　　　적색 신호등

　　　　　나를 건너면

　　　　　　　사고가 나요

때문에 내 귀는 떨어져나갔고
양볼에서 피어나는 너의 비명,
별들은 밤이 각혈한 흔적이야
반짝이는 저 피들—

사고로 흐드러진 봄의 언저리에서
아직도, 안 죽었어, 꽃?

일곱 달을 내리 우는 고양이에 대하여

일곱 달을 내리 우는 고양이에 대해 들어본 적 있나요?

고양이는 울면서 꼬리가 길어져요
고양이의 꼬리가 하늘 높이 올라가면
하늘은 거대한 찻잔이 되고
길어진 꼬리는 티스푼처럼,
공연히 구름들을 휘휘 젓고
야옹야옹 눈물은 끈덕지게 쌓이고
고양이의 몸을 통째로 삼키고
꼬리 모양을 상실한 기다란 티스푼은
뻣뻣하게 서서, 홀로, 슬퍼하고
뻣뻣하게 서서, 홀로, 하늘을 건디고

그런데 뻣뻣하게 선 그 '눈물'의 발기에 대해
뻣뻣하게 선 그 지속적 형벌에 대해
들어본 적이 있는지
틀어막아도 비어져나오는 피의 분출에 대해

도저히 죽지 않는 일곱 달의 독기에 대해
덜덜덜 굴러가는 노쇠한 시간에 대해
일곱 달을 내리 우는 고양이의 꼬리를
무참히
씹고 있는 당신의 두 귀가,
절망적인 두 개의 물음표가,
들어본 적이 있는지

안티고네의 잠

아침에 일어나 내 나이를 구겨버려요
스물여섯 개의 초를 꽂기 전에 내 입술이 문드러질 거
예요
굽은 손가락으로 땅위를 걷고
힘없이 벌어진 이빨을 툭툭 뱉어요
이 끔찍한 계절은 봄이던가요?
우리의 시선이 저들을 죽이고
죽은 꽃의 머리통이 떨어지면, 활짝 웃는 사람들
낭자한 선혈을 밟고 서서 사진을 찍는 사람들
여긴 사건현장이에요! 아무것도 건드리지 마세요!
무덤을,
여러 개 준비해주세요
어떤 사람들에겐 숨쉬는 게 칼을 맞는 것처럼
치명적일 수도 있으니, 자 내 칼을 받아요
삼켜요 내 저주를, 당신의 흰 머리칼은 너무 달콤해
봐요 내게는 더이상의 껍질이 없어요 벗을 게 없다고요
은밀한, 은밀한 죄를 저지른 건 옷이에요

누가 옷을 만들었나요?

(나야 나, 새빨간 혀가 말했다)

거친 숨소리가 거북하면 당신도 귀를 잘라요

그러면 타오르는 노랑도 뜨겁지 않을 테니까

염분 없는 내 눈물을 구경해요 저기

아기들이 태어나는 소리, 들려요?

가엾은 죽음들이 생을 뒤집어쓰고 태어나는 소리,

아기는 엄마가 홀린 죽음이에요

욕망을 낳고 다시 욕망을 버리는 사람들

그렇게 고운 목소리로 말하지 말아요

이제 곧 모든 게 끝날 테니까

검은 숲으로 가서 목소리를 묻고 오세요

이제 곧 모든 게 끝날 테니까

나를 삼키고 떠나버린 늙은 꽃, 할머니?

당신이 낳은 건 아버지가 아니라 한덩이, 어둠이었어요

눈먼 아버지는 눈이 먼 채로

혼자 걸어야 해요

나는 팔이 없고

이제 곧, 모든 게, 끝날 테니까

안녕

안녕

실명(失明)한 생아 ―

부엌 01:35 a.m.

바퀴벌레가 싱크대 앞을 지나간다
얼른 슬리퍼로 때려잡는다
후다닥 도망치다 압사당한 생,
사체는 그 자체로 비명이다
너의 더듬이가, 가는 다리들이 이 밤의 흐름 속에서 눌
린다
내 반사행동 속에 숨어 있는 살기가 싱싱하다
얼마나 더 움직이는 것들을 죽이고 싶어하는지
살인 후의 긴장감으로 속눈썹이 곤두선다

딱딱한 살인과 소리 없는 죽음 사이에서
눈을 동그랗게 뜬 식탁의자들,
그런데 어디로 가고 있었을까? 바지런한 다리들
허옇게 질린 슬리퍼는 제 몸이 칼인 줄 알았을까?

서슬이 퍼런 팔다리를 가지런히 모으고
한밤중 뭉개진 생의 자국을 관람한다

연애편지
물속에서

1

물속에서 편지를 쓴다
쥐어뜯긴 시간들이 물위를 떠간다

2

떨어지는 해를 받아먹고 싶어
아니면 슬픔에 축축이 젖은 복숭아 동그란 씨를 삼킬
까?
미안해, 실은 방금 전 파란 캡슐을 삼켰어
나는 하늘이 되려나봐
내가 파놓은 네 가슴속 계단이 되려나봐

3

씩씩하게 바람이 지나갔고

엉성한 사랑이 토사물처럼 달라붙었다
거짓말, 씩씩한 건 사랑이 될 수 없다
부화하지 않는 알을 품고 하늘을 본다
밤이 흔들리며 걸어간다
잠들지 말라고 쇄골을 물어뜯는 밤,
그가 내 쇄골을 스윽 빼더니
손가락으로 튕기며 논다
어깨가 주저앉은 채로 그를 따라가며
병신걸음으로 늙는다
자꾸만 내 몸의 이파리가 썩고
나를 옮겨심고 싶은데,
내가 잠긴 흙속에는 뿌리가 없다

4

담요를 몸에 두르고 앉았는데
그의 머리카락 한 올이 담요에 묻어 있다

오래 바라보다 옆에 가만히 내려놓는다
머리카락은 등을 구부정하게 하고 옆으로 누워 있다
이 가느다란 선(線)이
오늘밤 내게 온 슬픔이다

　　5

하얀 옷을 입은 내가 걸어가고 있다

연애편지 2

뭉툭한 연필, 닳을 대로 닳은 칼로 공책을 찌른다 글씨가 꿈틀대다 종이에 박힌다 움직이는 순간, 그대로 못 박혀 죽는 예수들, 검은 예수들, 글자 글자 글자, 눈 떴다 감으면 금세 피조차 말라 꿈틀, 딱지 앉는 상처인가? 손가락이 만드는 시체들, 종이가 산 채로 삼키는, 삼키다 도로 뱉어놓는, 당신의 이름은 흰 공간 속에서 떨다 죽는다 선명하게 죽어 있는 당신, 종이 위에 매장된 기억, 사랑한다 ─ 말하고 따귀 맞고 싶다

눈을 감고, 기억을 흔들면

그게 언제였는지
당신 입술을 손가락으로 걷던 날
촘촘히 누운 붉은 계곡 길을 걷던 날들
이미 공기는 퍼렇게 죽어버렸고
벌들의 비밀통로도 들통나버렸지만
열두 마리 송아지를 낳고 싶었어, 그때
나는 금방이라도 어미가 될 수 있을 것 같았지
젖이 돌고, 배는 자꾸 부풀어올랐으니까
설명할 길 없어 감은 눈으로만 걷고 싶었지
한낮에는 커튼 사이로 숨어들어가
누군가 혹시 숨겨놓았을까, 빨간 리본 따위를 찾기도
했어
아이스크림처럼 녹고 있는, 꼬리가 긴 내 아기
하지만 커튼은 이유도 없이 쉽게 펄럭였고
수시로 내 허연 허벅지가 아무렇게나 드러났어
수치심에 두 볼에선 발톱이 자라났고
조금씩 딱딱해지는 당신 입술, 만발하는 악취

내 머리칼 끝에선 유리조각이 돋아났어
바람이 내 머리칼을 엎지르면
결이 고운 베개들의 순결한 잠에선
후드득 핏방울도 떨어졌지, 아마

싹이 난 감자

1

감자를 꺼내다 떨어뜨렸다
무서워서 온몸이 떨렸다
도대체 얼마나 화가 났으면
몸 곳곳에서 뿔이 뻗어나왔을까?

2

나는 무당처럼 몸을 떨며 발작을 했고
아버지가 나를 향해 엎드려 절했다
아버지의 이마에서 뿔이 돋아나고 있었다
아버지 뿔을 저리 치워요! 저리 가서 혼자 죽어요!

여름 내내 해는 독을 뿜어댔고
내 안의 암세포가 진하게 화장을 하자
치마를 벗은 뮤즈들이 꾸역꾸역 질 속으로 들어왔다

아버지는 자주 눈을 뒤집어까고 주먹으로 방바닥을 두
드렸다
  방바닥에선 아무것도 나오지 않았다
  화려하게 발기한 소주병들이 집 안 어디에서나
  서로 부둥켜안고 있었다.
  소주병들 사이를 비집고 들어가 덩달아 흘레붙은 아버
지를 등지고
  엄마는 어둠속에서 눈을 뱉어내고 있었다
  엄마의 눈은 뱉어내도, 뱉어내도, 다시 생겼다
  나는 물컹한 눈알들을 보이는 대로 밟았다
  아침이 오면 순하게 구겨진 어린 남동생은
  가방을 메고 등교했다

  우리는 모두 흙속에 있었고, 밖에서는 간혹 꽃이 핀다
고도 했다

방충망 작은 틈새로

비가 내리고 있다
방충망 작은 틈새로
빗방울이 맺힌다
맺혔다가 주르륵 흘러내리기도 하고
한참을 머물다 마지못해 흘러내리기도 한다

비가 방충망을 파고든다
촘촘히 맺힌 눈동자들 속에
만삭의 밤이 고여 있다
자꾸만 빗소리에 매맞게 된다
내 어디를 때려줄래, 비야?
나는 속눈썹부터 꼼꼼히 젖는다

느슨하게 쳐놓은 방충망이 흔들리고

타닥타닥 소리를 내며 몸을 던지는 비들,
아득한, 저 조그만 폭탄들

나는 뜯긴 적 없이, 봉지째로 숨어 있고
자꾸만, 비가 내린다

후무사

잠자는 숲속의 아빠, 놀러와요 내 꿈속으로

어젯밤 당신의 잠속으로 거세당한 내 머리칼이 흘러들

어갔어요

잠시만 눈을 떠요 바람이 차고,

나는 뒤통수가 허전해 자꾸 눈만 끔뻑이죠

당신은 지난여름 끝자락에 아주 잠깐, 눈을 떴어요 기

억해요?

두 눈에 가랑가랑 고여 있는 술을 밀어내며,

오래 체념해온 듯

후무사가 먹고 싶다 말하곤 다시 눈을 감았어요

비가 내렸고 나는 부러 돌아 돌아 과일가게로 갔어요

구두코에 매달리는 빗방울들을 발로 차며 과일가게로

희끄무레한 게, 복숭아보다도 조그마한 게, 다섯 개에

6000원

자두가 끝물이라 비싸요잉 ─ 말끝을 올리는 코끝이

빨간 아저씨가

후무사 다섯 개와 내 구겨진 입술을 비닐봉지에 쓸어

담았어요
　흔들리는 봉지 속에서 입술은 자꾸 비틀렸고,
　자두가 끝물이랑께, 이제 끝물이라고잉 ─
　하는 메아리만 어두운 봉지 속을 부풀리고
　잠자는 숲속의 아빠,
　나는 불투명수채화 속을 거니는 늙은 꼬마처럼
　자꾸만, 두꺼워졌어요

* 후무사 : 7월 자두의 한 품종.

늙은 연둣빛, 터널

어느날 밤, 내가 침대 끝자락에 매달려
쏟아지는 피처럼 녹고 있었을 때
딱지 아래서 울고 있을 싱싱한 상처와
미라처럼 죽음으로 꽃피울 아침과
마침표 위로 서툴게 떨어지는 말,
뒤늦게 대가리를 박으며 흐느끼는 말들과
다만, 엮이고 싶었다

거미의 가느다란 다리가 내 텅 빈 몸을 감싸쥐고
늙은 연둣빛, 터널을 지나자
죽겠다고, 떨어져내리겠다고
마른 가지 위에서 꽃들은 시위를 하고
진딧물들은 내 이빨 사이로 파고든다, 더이상
봄은 없을 거라고
거미들은 바삐 다리를 놀리고
실타래를 풀어 오선지를 만든다
오선지 위에서 무너지는 음표들은 노래한다

늙지 말아요, 얼굴이 노란 죽음이여
직각으로 뻗은 하늘이여 —

나이를 먹는다는 건
조금씩, 넓어지는 감옥에 갇히는 일이라고
바람이 불고, 벽이 자란다

일곱살

　일곱살 때 내 이름은 '뷰우유릎'이었어요

　아무도 내 이름을 쉽게 부르지 못하도록 날마다 이름을 바꾸었어요

　시 같은 게, 넙치 같은 게, 밤마다 내 목을 휘감았고

　이빨은 이틀에 한번씩 부러졌지만 무섭지도 않았어요

　하수구에선 나팔꽃이 새끼를 기르고 있었고

　아빠의 기저귀를 갈아줘야 할 때만 코를 막고 그곳에 들어갔어요

　입술이 너무 빨갛다고 손가락질 받던 동네 언니가

　가끔, 내 머리통을 빠르게 쓰다듬고 지나갔어요

　나는 꼭 그 언니처럼 되고 싶었어요

　내 침대는 한번도 일어서지 않았어요

　날마다 누워서 여러가지를 상상하곤, 나보다도 먼저 잠들었어요

　글쎄, 일곱살 때 나는 꼭 만세를 부르는 자세로 자는 척했어요

　어른들은 웅크리고 자는 걸 못 견디어했죠

울고 있어도 만세만 부르면 안심하곤 사라졌어요

봐요, 만세잖아요 만세, 아무 문제 없다니까요

나는 일곱살만큼 늙어 있었고, 토큰가게 주인이 꿈이
었어요

작은 가게 안으로 이따금 들어오는 낯선 손에게

토큰 두 개씩 떨어뜨려주고는, 꾸벅꾸벅 졸고 있고 싶
었죠

이빨 빠진 바람처럼 순한, 일곱살이었어요

기울어진 방

방문 틈 사이로 어둠이 들어온다
어둠을 품에 안아 젖을 물린다
젖을 빠는 어둠이 이따금 콜록일 때마다
짙어지는 밤의 농도, 불시에 떠오르는 별들
혼자 저만치 굴러가는 물컹한 기억

내 몸 어딘가에 눈물을 쏟아놓고 사라진 남자는
눈물이 굳어 혹이 될 때까지 소식이 없다
남자의 망각은 내 살을 조금씩 쪼아먹는다

기울어진 방,
나는 빨간 침대 끝에 비스듬히 누워 잔다
내가 젖을 물려 키운 어둠은 낯설게 자라고
형광등은 간헐적으로 깜빡이더니 이윽고 어둠에게 먹
힌다
나는 까맣게 타버린 두 덩이 젖을 포장한다
네모난 상자에 담긴 그것을 옥상 아래로 떨어트리면

허기진 밤이 커다란 손으로 낚아채간다, 순식간에

나는 아침이 올 때까지 무릎을 바짝 끌어안고
열네살, 팬티 속 빨간 비밀을 발견했을 때처럼
조용히 기울어진다

생일

파란 장미를 먹고 얼어버렸으면,
생선가시처럼 희미하고 싶다
나뒹구는 밤을 넘어
겟세마네 동산으로 가고 싶다
가서 귀 없는 고흐와 몸 섞고 싶다
진하게, 굵게, 뭉개지도록
누군가의 이름을 부르고 싶다 .
발가락이 하나 없었으면—
생리하는 바다에 투신하고 싶다
울렁이는 푸른 죽음들에게 발목 잡히고 싶다
내 깊은 병(病)을 유리병에 꾹꾹 눌러담아
늙은 아버지에게 선물하고 싶다
수수깡처럼 싱겁게 부러지고 싶다
병아리 다리를 붙잡고 울고 싶다
온몸이 흔들리는 촉수가 되어
하늘에
박히고 싶다

발과 자궁

자궁이 보랏빛 노동을 시작했다
나는 갈라터진 한덩이 마른 밭이 되었다

질 속에서 막 달아난 새끼 낙타의 등이
싱싱하게 흐느끼며 밤을 깨울 때
이 밤을 지나가는 발은 외롭다

꽃이 아름다운 건 발이 묶여 있기 때문일까?
자궁을 떠받든 채 웅크리고 있는
발은 몸의 바닥이다

몸이 누울 때는 저 혼자 수직을 고집하고
몸이 설 때는 저 혼자 수평을 고집하는
발이, 눈부시게 피어난 발이
자꾸만 딱딱해지고
나는, 보랏빛으로 밑을 씻고 잠든다

제3부

겨울은 아무데서나
눕고, 흐르다, 무거워진다

자꾸 목이 마르고
손가락들이 서로 붙어버려 하나의 뭉툭한 슬픔이 되고
몸이, 몸이, 몸이 자꾸만 단단한 덩어리가 되고
이 모든, 뭉텅이로 발기하는 슬픔들
알 길이 없고
잠들어 있는 밤을 때리며 한 사내가
찹쌀~ 떡, 외치며 지나가는데

겨울은 아무데서나 눕고, 흐르다, 무거워진다

몸속에서 얼어붙은 피들과
주머니 속으로 기어들어오는 굽은 손가락들은
좁은 공간 속에서 달리고 넘어지고 우는데

굽은 손가락들은 휘어진 칼날처럼
무언가 좌절된 모습을 띠고 있다

새벽 2시

차갑게 식은 커피 속 누군가 흘려놓은 입술
홀로 신호등을 건너는 비닐봉지
순간을 기다리지 못하고 울리는 자동차 경적
아파트 창문에서 포물선을 그리며 추락하는 담배꽁초
쓰레기통 주위를 서성이는 새끼 밴 암고양이, 노란 눈
하늘엔 노란 달, 하늘이 빤히 뜨고 있는 외눈
외로움 때문에 그림자만 길어진 마른 나무
어제 태어난 사람, 인큐베이터 안을 들여다보는 생
그 메마른 눈초리, 뾰족한 이빨
다시, 창문 너머로 달려가는 바람

달빛에서는 건초 냄새가 난다
나비들은 겨울의 모퉁이에 와서 죽는다
새벽 2시라는 절벽에 매달려
홀로 술잔을 기울이고 있는 아버지

흔적

남자의 가슴이 왜 좋은지 알아요?
종이처럼 평평하니까
여자의 가슴이 왜 좋은지 알아?
무덤이 두 개나 있으니까

그날, 엎질러진 밤은 환하게 어두웠다
밤이 환할 수 있다니
내 무덤가에서 밤새 뒤척이던 손가락들은
아침이 되자 무덤 속으로
아예, 아예 들어가버렸다

혼자 목욕을 하는 저녁이 찾아왔을 때
외로운 팔과 다리, 등, 배, 가슴, 흐린 얼굴
도저히 내것이라고 하기 어려운 각각의 개체들이
거울 속에서 서로 어색하게 꿈틀대고 있을 때
하얗고 둥그런 왼쪽 가슴에 난 이빨자국
보랏빛으로 선명하게 찍힌 당신의 자국

이렇게 금세 흔적을 남기다니
내 몸은 소문이 빨라
맨 아래 발가락들까지
열 가지 목소리로 수군대고 있는데
보랏빛은 지워지지도 않는데
어둠이 환할 수 있다니

낡은 양복을 입은 남자

신발이 없어졌어요
발이 퉁퉁 불었어요
허리춤에 낙타 새끼 한 마리가 매달려 있어요
무서워요, 창문을 두드리는 게
당신인가요?
손바닥에서 손금들이 달아나네요
받아주세요, 도망가는 내 생을

가난한 남자가 보여요
낡은 양복을 입고 있어요
커다란 가방이 찔끔찔끔 그를 따라가요
남자가 흐느껴요
낡은 양복을 입고 있는 남자가
무서워요, 벽이 움직여요
벽이 뿔을 세우고 남자를 들이받아요
남자의 가방이 열리네요
남자의 구멍난 빤스가 날아가네요

아, 나비인가요?

이별

천 날의 밤들과 하나도 다를 게 없는 밤이었다
그가 내게 이유를 물었다
구두굽으로 그저 모래를 콕콕 찍었다
모기 한 마리가 내 슬픔을 염탐하듯
발목에 슬쩍 달라붙었다
갑자기 머리 위로 비가 쏟아졌다
키 작은 나무들이 금세 흠뻑 젖었다
가방을 챙겨 일어섰다
내 이름을 부르는 다급한 소리가 발밑으로 툭,
떨어졌다
흐느적흐느적 빗속을 걸었다
나무들이 일렁이며 저희들끼리 수군댔다

빗물

내 가슴속에서 죽은 해바라기가
빗물에 떠내려가고 있다
환한 시신이 되어 빗물에

날이 캄캄하게 흐려 눈가가 맑게 늙으면
빗물에 흘러가는 한 송이 죽음으로 노를 저어
흐린 물가를, 흐린 물가를 흐르리라

아무 일도 없이, 없었다는 듯이
무심히 흩날리는 지난 기억들도
휘휘 풀어 나란히 흐르게 하리라

아버지의 방

한번도 발 들여다본 적 없는 우물 속
아버지의 방이 있다
반복되는 어둠이 어지간히 쌓이면
아버지는 몰래 방으로 들어간다
문이 없고, 세월이 없는 그 속에서
아버지가 풀어놓은 흰 염소들이 숨죽여 울고 있다
내가 버린 태아들이 웅크리고 긴 잠 잔다
키 작은 아버지가 손가락을 빨며
잃어버린 신발을 기다린다

흑처럼 가라앉는 배를 바닥에 늘어뜨리고
베개 위 눈이 먼저 일어나 방문을 비트는,
아버지의 방
신발을 잡아먹은 겨울이 불쑥 침입해버린
자궁 잃은 별

시를 쓴다

고요 속에는
개줄에 목이 묶여 기어가는 아버지와
365일 하혈하는 병든 밤과
부지런히 늪을 짓는 거미가 산다
내 눈 속에는 아직 씌어지지 않은 시들,
그 꾸물꾸물, 징그럽게 살아 있는 푸른 독으로 거품이
일고
늙은 어둠은 언제나 나를 방관한다
나는 눈멀고 입술이 봉해진 캄캄한 뱀이다
시간은 내 가랑이 사이로 줄곧 빠져나가고
착한 가난이 내 치맛자락을 흔들어대도
나는 멍든 심장을 쥐고 시를 쓴다
시퍼런 독을 짜내 멍을 키운다

문 열린 판도라상자 속에서

T에게

이곳은 파랗다
내 발자국은 비틀어지다
벙어리가 된다
벙어리가 되다가 물고기가 된다
물고기가 되다가 휴지가 된다

휴지의 기다란 몸이
뭉텅이로 숨기고 있는 숱 많은 비밀
은밀한 생이 감겨 있는 하얀 길
밤꽃냄새 위로 쏟아지는 겨울

방바닥을 유린하는 이 시끄러운 흔적들

파랗게 동결된 아담과 이브의 기억
그들의 붉은 속눈썹
뱀처럼 길어진 속눈썹, 결국
괴롭게 꼬부라지는 치모들

방금 전 이곳에서
열일곱살 너는
열여덟살 파마머리 계집애와
문을 열었고
지금 내가 그 현장으로 들어와 추모비처럼 서 있다

문 열린 판도라상자 속에서 홀로, 갇혀버린 것이다

별이 박힌 짐승에게

너의 몸은 파랗게 일렁이다 고개를 숙이고 죽는다
이따금 잠든 애벌레를 낳는 너는
네발로 굽이치며 걷는다

모퉁이에서, 흙속에서, 어떤 경계선에서
너무 많은 화상을 입은 너는
등허리에 별이 박힌 짐승처럼 운다

아직도 우리의 극장에는 비가 내리고 있을까?
그래, 맨 앞자리 노란 우산도 여전히 울고 있을 테지만
내 눈도 하얗게 멀겠지만,
한번만 차가운 안대를 벗고, 너의 등을 만지고 싶다
축축한 너의 주먹, 얼굴을 숨긴 열 개의 거짓말을
천천히 열어볼 수 있다면,
내 꿈속에 들어와 창문을 찢어도 좋아

막이 내린 무대에서

나는 비로소 파랗게 몽우리지겠지만
등허리에 별이 박힌 짐승이여, 불을 지켜줘
가엾은 맨발을 숨겨줄 테니
아직 남아 있는 불을, 지켜줘

나비처럼 가벼운 이별

어제 오후에 해바라기를 씹어먹었다
내가 해바라기를 먹자,
해바라기들이 붉어요 붉어요
하며 흐느꼈다

그는 꽃밭에다 나를 앉혀놓고
고무찰흙을 토닥여 내 남편을 만들더니
빨간 꽃잎 따 나비넥타이까지 장식해선
브로치처럼 앞가슴에 달아준다
그리고 뒤돌아
오래 강을 바라본다
그가 강물을 오래 바라보는 건
강물이 여리다는 걸 알기 때문이다

뒤돌아 아장아장 꽃밭을 걷는다
걸을 때마다 내 가슴속 해바라기들
붉은 임신을 하고

나는 나비처럼 가벼운 이별을 무심히 손에 쥔다

모기가 입술에게

네 몸에 내 무덤을 내고 싶어

너는 애초에 색이 아니라 음식이었어
네 치부에 손가락을 대보고 싶어
자꾸만 부풀어오르는,
몸뚱아리에서 드러내놓고 유일하게 빨 ― 간

상한 듯 둥글게 몸 사리다
느릿느릿 기지개 펴며
아, 주먹만한 꽃 좀 봤으면, 하고 하품하는
누드로 멈춰 있는 빨 ― 강

임신한 애벌레의 히스테릭!

겨울, 그네처럼

내 젖꼭지에 매달린 그의 입술이 떨어지지 않아
무거워, 내 몸에 주렁주렁 달린 그의 몸
걸을 때마다 출렁이는 고통
바람을 좀 쐴까, 그러나 바람마저 내 몸에 매달려와
무거워 사내같이,
불어오는 것들은 죄다 무거워

시간의 허리에 삐죽이 튀어나온 못,
기어코 나를 흘기고
내 심장 아래서 잠자던 그의 눈썹이, 투두둑
떨어지면

나는 앙상한 겨울나무가 되어 춤을 춰
이리저리 기울어지며 하늘을 만져, 가시 같은 손으로
무거워, 이 허공과 바람, 끝내 무거워
나는 빙글빙글 돌면서 시간을 오독해
지난밤 속삭이던 그의 입술을 오독해

밤 11시

여자는 아기가 아닌 태아를 낳고
태아가 스스로 삶을 버리고
뻘거죽죽하게 뭉텅이로 버리고
당신은 입술을 적시며 속삭이지
메론, 멜론, 멜롱, 내 사랑
시간이 꺾이면서 대형사고를 내고
어느 집 세 아이의 엄마가 꽃밭에서 다리를 벌리고
이따금씩 가랑이를 비벼 쌍욕을 내뱉고
벌들은 독침으로 꽃과 교미한다
오늘밤도 딸들은 구두 뒤축으로 아버지를 뭉개죽이고
음탕한 애인들을 찾아헤맨다
내 사랑, 걸어가는 내 치부, 죽은 아버지여
앞으로 고꾸라져볼까, 이제 막 쏟아지려 하는데
누가 그릇에 담긴 내 아기를 들고 나간다
달콤한 내 아기의 목소리
도대체 입술이 몇개예요, 엄마?

푸줏간 소년

푸줏간 소년의 주머니 속에는
주황색 금붕어가 살고 있다
육질이 싱싱한 꿈과
알코올중독자의 트럼펫
동물원 바닥에 쏟아지던 햇살과
일흔살 먹은 덧니,
밤기차의 기적소리가 살고 있다
푸줏간 소년의 주머니 속에는
코끝이 까만 무당벌레와
잃어버린 엄마가 살고 있다

그 머슴애, 지금

그 털북숭이 머슴애 어떻게 됐을까?
　　다리 예쁜 여자가 좋아
　　다리 모양은 성기 모양과 같아
하고 까불던 털북숭이 그 머슴애
입으로는 삼천 궁녀 치마 속을 다 다녀온
감은 속눈썹, 엉큼한 그 머슴애
하품을 하다말고 별안간
딱 열아홉 해만큼 자란, 내 무딘 젖가슴
고추장 찍듯 살짝 찍어보더니
곱슬머리 끝까지 빨개져서는
뒤돌아 뛰어가던 그 머슴애
투박한 손가락
소풍 같던 스무살
지금은
어디 있을까?

에필로그

나는 스케치북 위를 뛰어다녔습니다
누군가가 희미하게 웃고 있는 듯했습니다
삼류극장 속에서도 아가미는 팔딱였고
아버지 같은, 병든 아침은 내내 엎드려 있었습니다

나는 스케치북 위를 뛰어다녔습니다
내 등뒤에 숨어 있던 무덤에선 꽃이 피었고
아무런 기척도 없이 늙은 꽃이 피었고
나는 철없는 머리칼을 날리며 뛰어다녔습니다

보이지 않는 사슴떼가 가끔 우는 소리를 냈고
손가락 같은, 외로운 것이
산 너머
어딘가에 있는 듯했습니다

제4부

달의 상상임신

그렇지만 아버지
자꾸 배가 부풀어오르고, 손가락이 부드러워져요
미안해요
당신의 아이는 아니에요

우뚝 서 있는 나의 병정, 저 초로의 남자,
눈썹이 흰 소나무와의 키스로
나는 단 한번에 여자가 됐고
머리칼이 하늘을 향해 울부짖으며, 펄럭이는 순간
맨땅에서, 두 발을 비비며 수태했어요
당신의 아이는 아니지만
우리의 피보다 깨끗한 뱀들의 씨앗이에요
뱃속에 열 갈래 길이 생기고, 나는 웃어요

내 몸에 악착스레 붙어 있는 당신 손들
빨판처럼, 달려들면서 뭉개지는 당신 눈동자
당신의 시퍼런 넋이 내 온몸에 씌었지만, 어쩌죠?

나는 뒤돌아 웃어요
웃으면서 수태해요
당신의 아이는 아니지만
기쁘게,
부풀어올라요

밤은 휘어지고
나는 온힘을 다해 당신을 벗어나며
내 허리춤에도 못 미치는 당신을 밀치며
떠올라요
떠올라, 웅장한 달이 되어요

육중한 어둠과 살을 섞으며 천천히,
나는 가까스로 — 밝아져요

장미

1

장미 앉은 자리,
허공에 가시가 박힌다

2

허름한 침대 위
기다란 혀를 목까지 늘어트리고
나는 당신의 이름을 부르며 호객하는 리본,
어둠에 매듭이 풀린다
그러나 너무 많은 나를 삼킨 당신은
나를 씹으며 어디로 달려가는 걸까?
밤을 길게 길게 세로로 찢으며
당신의 작고 깨끗한 발은
달리는 도장처럼 허공에서 바쁘고
나는 그 커다란 발소리를 모으기 위해

고막 안에 꽃을 키운다

당신의 발굽이 이따금 내 모가지를 밟기를,

조심히 바라며

어둠속에서 몰래, 꽃을 심는다

우산

우산은 너무 오랜 시간은 기다리지 못한다
이따금 한번씩은 비를 맞아야
동그랗게 휜 척추들을 깨우고, 주름을 펼 수 있다
우산은 많은 날들을 집 안 구석에서 기다리며 보낸다
눈을 감고, 기다리는 데 마음을 기울인다

벽에 매달린 우산은, 많은 비들을 기억한다
머리꼭지에서부터 등줄기, 온몸 구석구석 핥아주던
수많은 비의 혀들, 비의 투명한 율동을 기억한다
벽에 매달려 온몸을 접은 채,
그 많은 비들을 추억하며

그러나 우산은, 너무 오랜 시간은 기다리지 못한다

한겨울의 나비

지금은 사라진 꽃밭을 걸어요
움직이지 않는 날개에 귀 기울여요
산꼭대기에서 홀로 나부끼는 깃발 같은 건 뽑아주세요
쓸쓸하게 이름을 부르는 것 따위는 보고 싶지 않아

내가 팔랑였을 땐 웃는 해님들만
하나, 둘, 셋, 셀 수도 없이 흘러다녔는데
어쩌면 좋죠? 겨울은 배고프다고 윙윙대고,
눈은 절망적으로 내리는데
나를 언제 발견할 건가요?
차가운 얼음이 더듬이를 움켜쥐어도
꽃―밭―을 걸어요

나의 탄생 2

엄마, 검은 복면을 쓴 엄마
엄마의 문란한 질을 뚫고 내가 태어나고 있어요
밖엔 캄캄하게 함박눈이 내리고
눈이야! 엄청나게 내리는군!
사람들이 나의 탄생을 나무라고 있어요
귀를 막고 싶지만 아직도 내 몸뚱이 반은
엄마에게 속해 있어, 내 팔 좀 꺼내줄래요?
완전하게 내가 태어나려면, 얼마나 더 기다려야 할까?
(나를 싸세요! 빨리!)

기뻐하세요 엄마, 몽환적인 똥이 태어났어요
그러나 엄마는 탯줄을 끊지 못하게 하는군요
그로써 영원히 나를 버리려는 거야!
탯줄을 바보처럼 매단 채
나 홀로 멀리 떠나가게 하는군요
늙은 거미처럼, 자꾸 자꾸 줄을 풀어
영원히 나를 옭아매려 하는군요

그리하여 나는, 탯줄에 목이 감겨 끌려가겠죠
시간에,
당신과 내가 만든 벼랑 끝으로
엄마, 끌려가겠죠

화장

고개를 들어 거울을 본다
낯설게 자란 여자가
머리를 기르고, 외출복을 입었다
치열하게 생각하는 이마가 흐르고 있다
나는 저 여자, 꿈틀거리는,
달리면서 괴로워하는 눈을 볼 수가 없다
아물지 않은 오만함을 손에 쥐고
이제 곧, 우습게 늙어갈 저 여자
하품처럼 피어나는 슬픔에, 분을 바르고
이쪽을 바라보는

나는 안다
빨갛게 익어서 곧 터질 것 같은 토마토의 비밀에 대해
너무 익어서 몸에 잡히는 주름에 대해
주르륵, 비어져나오는 비명에 대해
시커멓게 꼬부라진 꼭지의 부끄럼에 대해
알고 있으므로

조용한 숲에 들어가 엉덩이 까고
알 낳고 싶다
오래오래 하늘 보며 그 알, 품고 싶다

창밖엔 이른 봄을 찌르는 목련나무들
애기 고추만하게 돋아난 저 몽우리들
스물일곱 처녀의 허기진 뱃속에서 피어나는
조그만 슬―픔―들

♪♪♪♪♪♪♪
음표들의 투신

살아서 날뛰어보세요
답답한 오선지는 너무 오래됐어요
모두들 빠짐없이 발을 떼고
하늘을 향해 올랐다, 뛰어내리세요
귀엽게 몸을 웅크렸다,
펄쩍 뛰어올라 터져보세요
생은
지금 이 순간만을 위해 존재했어요
공중에서 곡예를 하며
아래로, 아래로, 바닥 너머로 날아들기 위해
뼈가 돋고, 피를 모으고, 머리칼이 자랐답니다
눈을 가능한 크게 뜨고 숨을 들이마시고
장조로, 경쾌하게!
그러나 너무 급하게는 말고,
모데라토 모데라토, 씩씩하게 첨벙!
안녕? 오선지가 잡아먹은 높은음자리표야
영영 높은 자리에서 죽어 있으렴

우리는 모두 꿈꾼다, 첨벙!
안녕, 안녕, 허공이여

해바라기, 노란 휠체어 속

아빠가 해바라기 휠체어를 타고 가요
붕— 붕— 날 쳐다도 안 보고 가요
아빠, 해바라기 속에서 노랗게 눈뜬 아빠?
귀여운 아기처럼 돌돌돌, 굴러가는 아빠, 발작하는 꽃?

아빠가 탄 해바라기 속은
오디오를 죽여놓은 병원이랄까?
모두들 소곤소곤 죽어가지요
그런데 의사선생님, 우리 아빠 잘 있어요?
어제는 복숭아뼈가 시리다고 징징 울었대요
나는 돋보기를 쓰고 칼을 차고 시간을 진찰했고요
그러다 아빠의 복숭아뼈 속에서
부패하고 있는 사랑의 기억들을
빵! 빵! 쏴죽였어요
그래서 아빠가 울었고요,
삐용-삐용— 해바라기가 달려왔어요
방부제는 없어요 내가 삼켰거든요

그러니 아빠가 자꾸 썩는 거예요

붕— 붕— 해바라기는 달리고
박수치며 아빠를 응원하는 나는
시간을 비약하며 자란답니다

일곱살, 달밤

할머니는 자주 틀니를 잃어버렸어요
나는 소파 밑과 싱크대 위, 화장실 구석구석까지
혀를 날름거리며 핥아보았지만, 없었어요
밤은, 7년째 계속되었어요
할머니는 물컹하고 축축한, 검은 동굴 속으로
아무거나 자꾸 삼켰고, 그때마다 나는 잔소리를 해야
했어요

엄마는 빨간 핸드백을 남기고 떠났어요
나는 가끔씩 핸드백 속으로 기어들어가 놀았어요
그곳에서 엄마는 아무도 모르게 숨죽여 자라다가
돌아서서 몰래몰래 늙어갔어요
나는 자주 빨간 핸드백을 옆구리에 끼고
할머니의 고무신을 끌며 옥상으로 올라갔어요

두 개의 달이 떠오르던 어느 밤
내 두 개의 엄마들은

서로 나를 낳지 않았다고 변명했어요

나는 돗자리 위에 누워 가느다란 종아리를 흔들며 웃었어요

어둠이 동공을 크게 열며 내 이름을 부르자

슬퍼진 별들이 내 작은 몸을 옥상 아래로 떨어뜨렸어요

옆구리에 박힌 빨간 핸드백은 날개처럼 파닥이고

밤의 앙다문 입술 사이로,

달이

아슬아슬하게 끼여 있었어요

광주 알코홀릭 병원

겨울이 피를 토하며 죽어나갔고
봄이
시체처리반으로 납시었다

자위하는 간호사
피가 그리운 메스
뇌를 도려낸 채 걷고 있는 시간

수술대 주위를 서성이던 의사는 오래 고민하다
무덤 위, 웃고 있는 어린 풀들을
아버지의 캄캄한 이마에 공들여 이식한다

그러자 하늘에서
색동옷 입은 아기들, 합창한다
찢어지는 목소리로 웃는다

감염되고 싶어,   인생에

　　　　　　　인생이란 허공에

　허 공의   줄에

　줄의 공 간에

감 염 되   고   싶 어

　감염 되 어   살 고 싶   어

가난한 집 장롱 위에는

가난한 집 장롱 위에는 웬 물건들이 저리 많은지요 겨울 점퍼가 들어 있는 상자들, 못 쓰게 된 기타, 찬합통, 고장난 전축, 부러진 상다리 들이 저희들끼리 옹기종기 모여 가난한 집 방바닥을 내려다봅니다 가난한 집 장롱 아래는, 술 잔뜩 마시고 고꾸라진 늙은 남자가 누워 있습니다 어둠의 밀도와 병이 진행되는 속도에 따라 남자의 흰 수염이 자라나고 움직이지요 하얗게 일렁이며 꽃피우는 창백한 봄을, 가난한 집 형광등의 침침한 눈이 끔뻑 끔뻑 바라봅니다 가난한 집 물건들은 모두 사연 있는 듯 입이 무겁고, 가난한 집 아기는 종일 무릎으로 걷다, 심심하면 무릎을 안고 잠이 듭니다 가난한 집 행주는 소심하게 몸 빙빙 말고 있고, 가난한 집 선풍기는 우스꽝스럽게 달달 돕니다 돌다가 끽 끽, 헛소리도 합니다 가난한 집 장롱 위, 오래된 물건들은 보좌 위에 앉아 시름 많다고, 먼지들만 슬금슬금 날아듭니다

타락한 캔디의 독백
음탕한 집 밖에서

음탕하고 병든 집 앞으로 발자국이 새겨진다
눈 위로, 검은 새가 흩어진다
갈피를 못 잡는 어둠, 속으로, 파고드는 피
피냄새, 음탕한 집 안에 깃든 삶
삶의 바구니, 바구니 속의 병들고 지친 어린 늑대
이제 곧 비명처럼 펼쳐질 생을 품고 끙끙 앓는 어두운
바다
바닷속 물고기들, 허리 휘고 가시 부러지는 오후
나는 음탕한 집 밖에서 서성인다
안을 두드리는 심장, 그러나
발자국이 스스로 움직여 사라질 때까지
기다리리라 어둠이 칼날 같은 달을 게워낼 때까지
기다리리라

달려가는 머리카락, 쓰러지는 손가락
음탕한 집으로 향하는 거대한 음모,
엄마? 삶이 내게 한 첫번째 거짓말 —

그년의 머리칼이 굴뚝에 껴 휘날린다
굴뚝 밖으로 자꾸만 빠져나가는 엄마?
머리칼이 곤두선 무당처럼, 비참하게 나부끼는 엄마?
넌 목각인형이야!

다시, 발자국, 나는 음탕한 집 밖에다 나비를 뿌린다
흩뿌려지는 흰 날개들, 날개들이 비처럼 쏟아지고
쏟아져서 흙을 적시고, 꽃들을 깨우는 밤
밤의 소녀들이 죽음에게 팔려가는 새벽
새벽까지 나는 음탕한 집 밖에서
안으로 들어가지 못하고 있다, 서 있다
늙은 자라처럼 음탕한 목을 휘두르며, 바람과 맞서며,
음탕한 집 밖에 내 발자국을 던지고,
부른다
이름을
어둠이 빗질한 이름을
핏대 선 목소리로 부른다 엄마?

굴뚝 위에선 여전히 흩어지는 엄마
엄마의 희번덕이는 눈, 그 위에 촘촘히 박힌
엄마의 가짜 속눈썹
가짜의 엄마 속눈썹
속눈썹을 비집고 나와버린 눈물
음탕한 집 밖에선 여전히 흐느끼는 발자국,
아침이 올 때까지

■

해설

몸에서 시가 '똥'처럼 떨어지기까지

김수이

박연준의 시에서 현실의 경험은 환유의 회로를 거쳐 환각적 형태로 제시된다. 환유는 박연준이 즐겨 사용하는 존재 변환의 장치이며, 환각적 풍경은 이를 통해 시인이 자신의 삶과 내면을 드라마틱하게 재현한 시적 결과물이다. 박연준에게 시는 자신의 삶을 스스로의 각본과 연출로 재상연하는 극장과도 같다. 이 극장에서 상연되는 것은 그녀가 주인공으로 출연하는 참혹한 색채의 모노드라마이다. 드라마 속의 '나'는 주변인물과의 치명적인 관계에 대한 이야기를 들려준다. 엄마, 아빠, 남자.[이 순서는 무작위이(어야 한)다] 이들은 모두 '당신'으로 지칭되며, '나'의 발화 속에서 등장과 퇴장을 반복하면서 존재감과 정체성을 부여받는다. 흥미롭게도 이 과정은 '나'의 존재감과 정체성이 형성되는 과정을 그대로 유추하게 한다. '나의 탄생'(「나의 탄생」)과 죽음은 '당신'의 탄생 및 죽음과 분리될 수 없는 것이기 때문이다.

가장 가까운 존재／타자들인 엄마, 아빠, 남자와 호환하(지 못하)는 '나'의 삶의 시공간은 환유의 무한한 미로로 이루어져 있다. 끝없이 펼쳐진 환유의 미로를 배회하는 '나'는, 짐작하겠지만, 행복한 일체감도 생산적인 차이도 획득하지 못한 채 쓸쓸하고 헛된 이동을 되풀이한다. 예를 들어, 박연준이 "나는 밥을 먹는다"고 말했다가 이내 "나 말고 나 비슷한 것이 밥을 먹는다"(「봄의 장송곡」)고 고쳐 말할 때, 이 '나'들이 미결정의 상태로 산포 중인 모종의 궁극적인 '나'의 유동적인 조각들임을 이해하는 것은 어려운 일이 아니다. 그러므로 이 시인에게 환유는 시적 방법론의 차원을 넘어, 자신과 타자에게서 끝없이 탈각되면서 생을 영위하는 존재의 숙명적인 원리를 의미한다. 타자와 세계로부터 끝내 어긋나는 존재의 원리로서의 환유는 데뷔작 「얼음을 주세요」(2004년 중앙신인문학상)부터 선명히 모습을 드러낸다.

이제 나는 남자와 자고 나서 홀로 걷는 새벽길

여린 풀잎들, 기울어지는 고개를 마주하고도 울지
않아요
공원 바닥에 커피우유, 그 모래빛 눈물을 흩뿌리며
이게 나였으면, 이게 나였으면!
하고 장난질도 안 쳐요
더이상 날아가는 초승달 잡으려고 손을 내뻗지도
걸어가는 꿈을 쫓아 신발끈을 묶지도
오렌지주스가 시큼하다고 비명을 지르지도
않아요, 나는 무럭무럭 늙느라

(…)

추억은 칼과 같아 반짝, 하며 나를 찌르겠죠
그러면 나는 흐르는 내 생리혈을 손에 묻혀
속살 구석구석에 붉은 도장을 찍으며 혼자 놀래요

'여린 풀잎들' '커피우유' '초승달' '오렌지주스' '새벽
길' 등은 존재와 존재(여성과 남성이라고 해도 좋다)의
간극에 매설된 환유의 다양한 오브제들이다. "남자와 자
고 나서 홀로 걷는 새벽길"에서처럼 존재의 간극이 극대
화된 상황에서는, 그러나 이 오브제들은 아무런 힘을 발

휘하지 못한다. 환유는 타자와의 메울 수 없는 거리로 인해 가능해지며, 또한 같은 이유로 불가능해진다. 환유의 가능성과 불가능성은 모두 존재(박연준에 의하면 특히 여성)의 원천적인 고립과 상처를 반중한다. "남자와 자고 나서 홀로 걷는 새벽길"에서 '나'는 "울지 않"고 "비명을 지르지도 않"으면서 어떤 대상과도 조우할 수 있지만, 어떤 존재로도 '나' 자신을 환유하지는 못한다. 환유의 행위를 가볍고 쓸모없는 '장난질'로 치부해보아도 결과는 동일하다. '나'는 공원 바닥에 쏟아진 커피우유를 보며, "이게 나였으면, 이게 나였으면!/하고 장난질도 안" 치는(못 치는) 존재적 정지/공황 상태에 이르러 있는 것이다. 다른 존재에게로 향한 이접(移接)의 길들이 무력화되자, '나'는 절망과 체념, 자폐적 욕망을 가벼우면서도 끔찍한 유희의 방식으로 내면화한다. "나는 흐르는 내 생리혈을 손에 묻혀/속살 구석구석에 붉은 도장을 찍으며 혼자 놀래요". 자신의 '생리혈'을 갖고 노는 '나'의 기괴한 '장난질'은 쌓여 뜻밖에도 찌르는 "칼과 같"이 아픈 한권의 시집이 된다. 박연준의 첫시집은 현실의 공간을 환각인 듯 떠도는, 여전히 독백의 언어(monologue)로 말해질 수밖에 없는 여성의 핏빛 비명이며 서사이다.

박연준이 펜에 묻혀 쓰는 '생리혈'은 생명을 잉태할 수 있는 여성의 몸의 환유이자, 생명 잉태에 실패한 여성의 몸의 환유이다. 생리혈은 여성의 몸에서 분출되는 신성한 생명력의 징표이자, 남성중심주의가 여성의 몸에 덧씌운 금기와 억압의 상징이기도 하다. 타자를 향한 길들이 중단되자 시인은 그 길의 방향을 여성인 자신의 비천하면서도 신성한 몸 안으로 구부린다. 그런데 이 이중적인 몸 안에는 어느새 "나 말고" '당신'이 들어차 있다. "내 나쁜 몸이 당신을 기억"(「속눈썹이 지르는 비명」)하고 있고, "당신을 떠올리면/내 빈 자궁으로 당신이 걸어들어와/당신은 열 달이 지나도 태어나지 않"(「나비─마이크에 매달려 독백으로」)는다. '당신'이 어떻게 '나'의 몸을 환유적으로 분절하고 흡착하며 '나'를 점유하고 있는지, 박연준은 비극성을 내장한 거침없는 어조로 생생하게 묘사한다.

> 혼자 목욕을 하는 저녁이 찾아왔을 때
> 외로운 팔과 다리, 등, 배, 가슴, 흐린 얼굴
> 도저히 내것이라고 하기 어려운 각각의 개체들이
> 거울 속에서 서로 어색하게 꿈틀대고 있을 때
> 하얗고 둥그런 왼쪽 가슴에 난 이빨자국
> 보랏빛으로 선명하게 찍힌 당신의 자국
>
> ─「흔적」 부분

내 젖꼭지에 매달린 그의 입술이 떨어지지 않아
무거워, 내 몸에 주렁주렁 달린 그의 몸
걸을 때마다 출렁이는 고통

— 「겨울, 그네처럼」 부분

　내 몸에 찍힌 "당신의 자국"은 일차적으로 쎅스의 흔적이다. 그러나 이 자국이 내 몸을 "각각의 개체들"로 분해하고, "내 몸에 주렁주렁 달린 그의 몸"이 "걸을 때마다" '고통'스럽게 '출렁'일 때, 나의 몸이 겪는 것은 "어색하게 꿈틀대"는 쎅스의 여파를 초과한 '나' 자신의 정체성의 혼란이다. 박연준의 첫시집이 종종 도발적이고 선정적인 화법을 활용하면서 파고드는 문제의 핵심이 여기에 있다. 시인은 날카로운 목소리로 자신〔여성〕에게 일어난 일을 경고하듯 세상에 알린다. "여긴 사건현장이에요! 아무것도 건드리지 마세요!/무덤을,/여러 개 준비해주세요"(「안티고네의 잠」)

　'나'/여성의 정체성이 살해된 사건현장에는 자아와 타자의 경계는 물론, 삶과 죽음의 경계도 붕괴되어 있다. 박연준은 타자의 몸을 품고 낳는 여성 특유의 경험을 통해 이를 형상화한다. "나는 죽어도,/당신을 낳지 않을래"(「나비─마이크에 매달려 독백으로」)라거나, "엄마, 더러운 엄마, 나를 낳지 마 / 여긴 나의 알이 아니야 / 알을 깨고 발 없는 내가 도망치듯 태어난다"(「나의 탄생」)와 같은 출산의 모티프가 그녀의 시를 뒤덮고 있는 것은 이 때문이다. 그런데 "아기들이 태어나는 소리"는 "가엾은 죽음들이 생(生)을 뒤집어쓰고 태어나는 소리"이며, "아기는 엄마가 흘린 죽음"(「안티고네의 잠」)이라고 믿는 시인에게 산도(産道)는 미래의 새로운 생명이 아닌, '나'의 전사(前史)로서의 과거의 몸들과 오래전부터 진행중인 죽음을 향해 열려 있다.

> 사람들이 나의 탄생을 나무라고 있어요
> 귀를 막고 싶지만 아직도 내 몸뚱이 반은
> 엄마에게 속해 있어, 내 팔 좀 꺼내줄래요?
> 완전하게 내가 태어나려면, 얼마나 더 기다려야 할까?
> (나를 싸세요! 빨리!)
>
> ─「나의 탄생 2」 부분

> 도돌이표, 도돌이표, 빙빙 돌아
> 나를, 계속, 찌르고, 있는,
> 아빠?
> 당신은 어떻게 한 시간마다 커지나요?

나를 손에 쥐고 뜬눈으로 기도하는 아빠,

바람결에 누런 이빨 다 부러지는 아빠,

나를 놓으세요 십자가를 놓으세요

딸이 죽어요, 아빠를 밟은 채 죽어가요

— 「꽃을 사육하는 아버지」 부분

'나'는 엄마 속에서 완전히 태어나지 않았고, "아빠를 밟은 채 죽어가"고 있다. 게다가 앞에서 본 것처럼 내 몸에 흡착된 '당신'을 낳지도 못한 채 타자와 죽음을 뒤집어쓰고 가까스로 '나의 삶'(?)을 이어가고 있다. 이 삶 속에서는 "문이 없고, 세월이 없는" "아버지의 방"에서 "내가 버린 태아들이 웅크리고 긴 잠"(「아버지의 방」) 자고 있는 시간의 무화(無化)와 역전이 아무렇지 않게 일어난다. 이것은 분명 사건인데, '내'가 (나를 낳는) 몸과 (내가 낳아야 할) 몸 사이에 끼여 압사중인 점에서 그렇고, '나의 삶'이 이토록 고통스럽고 이상한 경험으로, 무의미하고 부조리하게 점철되고 있다는 점에서 그러하다. 1980년생의 젊은 여성시인 박연준이 자신의 존재와 삶에 대해 내리고 있는 잠정적인 결론은 기묘한 방식으로 반성적이고 심지어 주체적(?)이다. 시간과 소통의 괄호 속에서 그녀는 '엄마'(를 통해 대면한 세상)에게 이렇게 도발하고 있지 않은가. "(나를 싸세요! 빨리!)"

왜 이러한 사태가 벌어졌는지에 대한 설명은 이 시집
에 실린 몇편의 시들 속에 비교적 친절히 제시되어 있다.

아버지는 자주 눈을 뒤집어까고 주먹으로 방바닥을
두드렸다
방바닥에선 아무것도 나오지 않았다
화려하게 발기한 소주병들이 집 안 어디에서나
서로 부둥켜안고 있었다.
소주병들 사이를 비집고 들어가 덩달아 흘레붙은 아
버지를 등지고
엄마는 어둠속에서 눈을 뱉어내고 있었다
엄마의 눈은 뱉어내도, 뱉어내도, 다시 생겼다
나는 물컹한 눈알들을 보이는 대로 밟았다

— 「싹이 난 감자」 부분

그렇지만 아버지
자꾸 배가 부풀어오르고, 손가락이 부드러워져요
미안해요
당신의 아이는 아니에요

— 「달의 상상임신」 부분

알콜중독자이고 폭력적이던 아버지, 거기에 짓밟힌 어머니, 아버지에 대한 금지된 성적 욕망을 무참히 회화함으로써 아버지를 부정하는 나. 낯익은, 이러한 구도의 가족은 프로이트의 정신분석학 이론을 대입해 치밀하게 해석할 수 있는 개연성 있는 대상이 된다. 실제로 박연준의 시들은 이러한 해석의 방식을 유인하고 또 튼튼히 견뎌낸다. 하지만 이와 같은 시의 정황과 해석의 풍경은 이미 유사한 문제의식을 시화해온 여성시인들, 박서원, 김언희, 김민정 등을 통해 익숙하게 경험해온 것이라는 점에서 별다른 반복의 필연성을 느끼게 하지 않는다. 중요한 것은 박연준이 선배 시인들과 비교해 확보해낸 차이의 내용에 있기 때문이다. 그 차이는 거칠게나마 다음과 같이 요약될 수 있을 것이다. 무의식의 계단을 내려가 욕망의 대상으로서 아버지를 발견한 박서원이 그 아버지를 종교적으로 성화(聖化)하는 길로 나아가고, 김언희가 딸의 욕망을 촛점으로 '가족극장'을 서술하면서 남성중심의 폭력적인 질서를 여성의 편에서 해체·전유하고자 했으며, 김민정이 여성성과 모성성을 학습된 것으로 여기면서 그로부터 철저한 분리독립을 선언하는 데 비해, 박연준은 여성성에 대한 모순되는 태도 속에서 여성성에 대한 재발견을 도모하고 있는 것이다. 여성성에 대한 반성적 자의식으로 무장하고, 아버지는 물론 어머니까지도 존재적 충돌과 반란의 대상으로 삼는 점에서 박연준은 이들의 후예이지만, 이들이 각기 종교(박서원), 현실 제도(김언희), 자기의 테크놀로지(김민정)의 관점에서 이 문제에 접근하는 것과 달리, 박연준은 이를 자신의 시쓰기의 발생학적이며 윤리적인 문제와 등가화한다. 박연준에게 엄마의 자궁에서 아직 완전히 태어나지 않은, 아빠를 밟은 채 죽어가는, 몸 곳곳에 '그'의 몸을 주렁주렁 매달고 있는 여성인 자신의 재발견과 부활은 자기 존재와 등가의 환유인 시의 생산과 정확히 일치하는 문제인 것이다.

죽은 나를 향해 종이들이 쏟아진다
한 장, 두 장, 세 장, 쏟아지는 병신들

시가 똥처럼 떨어진다
낳아놓은 똥은 죽은 걸까, 산 걸까?
냄새가 나는 걸 보니 썩어가고 있구나
똥 주위를 휘 돌아본다
이 죽어가는 걸 어떻게 살릴까
다시 내 속에 넣어볼까, 살아나려나 ―

그런데 너, 내가 더럽니?

내 시가 더럽니?

—「詩」 부분

이 지점에서, "나는 흐르는 내 생리혈을 손에 묻혀/속살 구석구석에 붉은 도장을 찍으며 혼자 놀래요"라는 시인의 독백 혹은 다짐은 더이상 단순한 유희의 욕망이나 여성성을 표명하는 새로운 화법으로만 들리지 않는다. 박연준이 "(나는 개처럼 피를 질질 흘리며 생리를 한다)"(「앵두와 아버지」)고 괄호 속에서 행하는 자기혐오와, 생일날 피력하는 "생리하는 바다에 투신하고 싶다"(「생일」)는 강렬한 여성성의 표출이 같은 뿌리에서 나온 것임을 알게 되는 것도 이 지점이다. 그녀가 "생리혈을 손에 묻혀" "혼자 놀"아온 시간들은 아빠―엄마―남자의 몸들 사이에서 죽음을 덮어쓴 채 살아온 자신의 정체성의 회복을 향한 것이었다. 그 과정에서 "죽은 나를 향해" "똥처럼 떨어"지는, 모든 본능적이고 처절한, 가볍고 난망한 자신의 존재론적 시도들을 박연준은 '시(詩)'라고 정의한다. "그런데 너, 내가 더럽니?/내 시가 더럽니?" 타자의 몸과 몸 사이에서, 또 "어떤 경계선에서/너무 많

은 화상을 입은"(「별이 박힌 짐승에게」) 박연준은 자신과 세
계를 향한 이 난감한 질문으로 첫시집의 창과 방패를 삼
는다. 이 모순(矛盾)의 대결을 함께 벌이고 있는 것은 그
녀의 시를 읽는 우리들, '나' 자신이다.

金壽伊 | 문학평론가

시인의 말

 스물다섯 때, 시가 몸살나게 좋았다. 그랬으니 신생아처럼 하루 스무 시간 잠으로 보내는, 아버지 발아래 엎드려 자꾸만 연필을 들었다. 나는 아버지의 시든 발목, 혈관 깊숙이 빨대를 꽂아, 공들여 시를 뽑아먹었다. 시를 뽑아먹을수록 나는 통통해지고 아버지는 아무렇게나 툭, 툭, 부러졌다. 그게 마음이 아프다.

 내 빈 뱃속, 아이가 들어서지 않은 텅 빈 뱃속이 늘 콤플렉스였다. 나는 처녀의 몸으로 빈 자궁을 걱정하며, 대신 시가 가득 잉태되기를 기다렸다. 그러나 자꾸만 '상상유산'을 했다. 배지도 않은 아기를 질질 흘리는 상상으로 자주 식은땀을 흘려야 했다.

 그러니 나는 피를 꼼꼼히 데운다. 구석구석 빠짐없이 따뜻해지도록 신경써서 데운다. 욕심 많은 헛된 어미가

125

되어, 내게 금지된 아기를 꿈꾸며, 내 치부에서 피어나는 시를 위해, 빨간 피를 데운다. 이 생활을 가능한 천천히, 오래도록 하고 싶다.

첫시집을 낸다고 생각하니 처마밑에 애처롭게 매달린 고드름이 보고 싶다.

이 시집을 어린 남동생 태준에게 바친다. 시무룩한 겨울밤 달 끝에 매달린 고드름을 꺾어주던, 결이 곱고 말랑말랑한 아기 시인이다.

2007년 겨울
박연준

창비시선 271

속눈썹이 지르는 비명

초판 1쇄 발행 / 2007년 1월 25일
초판 10쇄 발행 / 2024년 12월 4일

지은이 / 박연준
펴낸이 / 염종선
책임편집 / 박신규
펴낸곳 / (주)창비
등록 / 1986년 8월 5일 제85호
주소 / 10881 경기도 파주시 회동길 184
전화 / 031-955-3333
팩시밀리 / 영업 031-955-3399 편집 031-955-3400
홈페이지 / www.changbi.com
전자우편 / lit@changbi.com

* 이 책은 한국문화예술위원회의 2006년도 '문예진흥기금'을 받았습니다.